歌集

生きてはみたが

千々和久幸

砂子屋書房

*目次

装本・倉本　修

歌集　生きてはみたが

することがない

この世ではすることがない意味もなくスカイツリーに手を振ったりして

忘れ物してきたような日の終り　傘差して行く人ばかり見て

人生を二度やるほどのことはない　肉とジャガイモを買って帰らな

死を待てる生もあらんか道の辺の落葉それより行きどころなし

気紛れに寄れる酒場のカウンターただいまママと流しとわたし

焼酎も暮らしも臭いほどよろし酔ったふりして飲んではおるが

おまえにも俺にもあった過去という捲れば悪臭放つ頁が

われに棲むジキルはものを言わねどもハイドの笑いしばしばも聞く

新しい眼鏡にいまさら変えたとて世界が味方する訳もなし

黴臭き冬の帽子の出できぬ元気な日の妻が買い呉れしもの

実りなきひと日なりしよ星仰ぎ夜の踏切に待たされている

酔漢

エーゲ海の夕陽を思いレジスタンスを思い夕べの橋渡りゆく

百日紅もアメリカ芙蓉も花終えてあてなき独りの秋がまた来る

葱坊主が頭を揃え並べるを英雄待望論と見て行く

あっさりと身を躱《かわ》されてすべもなし五分の魂も当てにはならず

草むらにこおろぎの鳴く塀にそい酔漢が顔を無くして通る

「サヨナラ」を話題にきみと飲んでいる蟹味噌だけが真実である

自動車も船も空飛ぶ日の来んを「サヨナラ」だけが人生ならず

本当は何もなかった青春とう今に華やぐ飾り窓には

時ならぬ「天皇陛下万歳」を戦《いくさ》待ちいる大地が聞けり
令和元年10月20日、「即位礼正殿の儀」より

「大君《おおきみ》の屁《へ》にこそ死なめ」家持めっ　またパソコンが固まりやがって

卓上にバナナ二本が腐りつく　おお麗しの令和日本よ

殉教者が一人も出ない組織などのっぺらぼうで面白からず

いつか来る

風船が同じ方向に飛んで行く何の祭りか空の彼方は

米五キロ買い来しほかに何ごともなさず勤労感謝の日暮る

意味のなき連休の増え飼犬も死んだふりして連休の果つ

異議あらば挙手せよという挙手をして物申すほどの異議にもあらず

骨密度は三十代と言われおりいまさら骨だけが若くてもねえ

今日よりは明日が楽しと思えざるわれに来ん老い紛れもあらず

いつか来るきっとその日が突然に　そのいつかなお信じ難しも

生きてあらばいつか会えると思いしにいつか来ぬ間《ま》に一人また逝く

死体が一つ上がったぞと遠くに叫びいる夢ならば湖《うみ》のへりのホテルか

電器屋が酒屋が靴屋が廃業しがらんと寒き冬に入りゆく

夏逝く

傍らに沢のせせらぎ聞きながら鮎の焼けるを待ちつつ汲めり

時かけて串刺しの鮎が焼けるころ諸侯それぞれに酔うて候

こころ解き顔を火照らせ酌み交わすこのひと時を永遠にして

いま一人のわれを演じていることに気付きていたり宴なかばに

『完全なる結婚』はありしが完全なる一日はなしわが半生に

『完全なる結婚』（１９２６年）はヴァン・デ・ヴェルデの著作。

目眩《めくるめ》く瞬時のあとに陶然とラストシーンを思うしばらく

平穏に過ぎゆく日日に言い分はあらねどやっぱり毒素が足りぬ

休養と気分転換は必要だ　他人《ひと》の顔見ればいつもわが言う

洗濯機が回れる音を聞いているわれに未踏の荒野すでに無し

十月が突如わたしにやって来るもう後戻り出来ぬか海よ

身動きもならず言葉も発し得ぬ妻となりたる　こはわが妻か

紫陽花の雨

ほうき雲見てスマトラのコーヒーを飲んでおります　待ち人は来ず

排水管工事説明会のあと選歌しのちに酒少し飲む

昼酒にほろとなる頃チャイム鳴り校正ゲラが速達で来る

報わるることの少なき努力をも見て月々の選歌を急ぐ

校正が早めに終り鰻でも食わんというにわれも付きゆく

帰宅して独りしんみり飲み直すドライフラワーに何か呟き

歯刷子と電池買いきて差し当り必要のなきことに気付けり

懸案を抱えしままに五月過ぎ六月の逝くあじさいの雨

リビングの蟹

何処からもマーチ鳴り出す気配なく三月煙のごとくに過ぎぬ

人の声せず連休に入《はい》りゆくマンション用無き空母のごとし

酒粕を炙り地酒の栓を開け連休たった一人の宴《うたげ》

相方《あいかた》はテレビ　毒にも薬にもならぬところが女房に似て

しょぼくれて独り酒のむ背《せな》が見ゆ　おおいやだいやだ椅子を蹴飛ばす

連休のなかばリビングに泡を吹き蟹がわたしを偵察にくる

にせ者の方が本物らしく見ゆ詐欺師に役者、わきて政治家

「作者の身になって」はどこか「国民に寄り添う」に似て胡散臭しよ

酒と歌に救われ来つと言いかけて止む　人喜ばせ噓楽しむは

題詠「愛」十首

愛が下駄を履き買物籠を手にいつもの裏木戸から出て行った

「愛は地球を救う」というならわたくしはかちかち山の狸にでもなる

そんなこともあるさ　宥めるふりをして愛がわたしの肩を叩いた

蓋開けぬ方がよろしも田辺聖子「愛の缶詰」の愛のもやもや

「愛の缶詰」は『孤独な夜のココア』所収。

焼鳥と焼酎で独り飲み始む屋台の愛など信じておらず

愛想尽かしされても怯まず諦めぬきみの尻尾を見て帰り来つ

愛恋の愛と恋との間隙を鈴虫が翅擦り這い登りゆく

過剰なる思いをいつか愛などと独り合点し嫌われている

愛憎の渦巻くドラマか　この辺で嘘から真の出る頃だろう

その昔「映画は大映」さりながら「題詠・愛」とは関わりあらず

他人事

奥のあのテーブルに居るのはQ氏だがわざわざ立って行くほどもなし

もういいかいああもういいよ　生返事してぐにゃぐにゃの平成終る

この世にはどうにもならぬ事がある　あるよねえ猫の首撫でながら

酒食らいゼニにならぬ歌書き連ねなすことのなく連休終る

感傷的な酒場ですよと促されあなたのあとから暖簾を潜る

核兵器廃絶宣言都市の上こよいは黄なる満月の出づ

「オリウス」の灯りが消えてこの街に約束のなきひと日が終る

夜の更けにああと声あげ傍らに誰も居らねば黙すほかなし

現実を受け容れよなどと他人事なれば寄り来て容易《たわやす》く言う

癒ゆる望み持てざる妻の容体をしばしばも親しき人に訊かるる

一枚のチップ

店内は明るけれども見下ろせる「ポンパドウル」の軒に雪舞う

月に行く希望などなし月々の締切りに回らぬ首を締められ

ひょいと生まれひょいと死にゆく命とも蜉蝣《かげろう》よりも儚きかひと世

運勢も鰯の頭も信ぜねば昼酒呷り寝てしまいたる

何よりも「おひとりさま」が危険です　そうかこの俺が危険のもとか

さりながらチップ一枚でたちまちに逆転のあるきみを危ぶむ

生き残れる者の務めぞこの月に遠く近く葬儀のありて連なる

茫漠と流るる日日にささやけきときめきありて赤き月出づ

キー回し灯らぬ部屋に戻り来つ今宵もいたく酩酊をして

題詠「進路」七首

日日《にちにち》が出たとこ勝負の暮らしにて「進路」とう言葉に馴染みの薄し

進路より先に退路を　負け犬の嗅覚はかく研《と》がれてきたる

大学への進路指導の一つにて「東京の女には気をつけろ」

ヒッチコックのスパイ・アクションの進路なる「北北西」は存在しない

日本の進路とオレの進路とは食い違いつつ飛ぶちぎれ雲

ゼニのため進路断たれし京介が足湯に浸かり月を見ている

進路より退路が大事　晩節は悪女と転ぶ愉しみもあれ

負け残り

あれも夢これも夢とて夢ばかりなる晩年の現《うつつ》のおぼろ

転た寝の耳をくすぐり風か過ぐる　ミルク召し上がりますかミルクを

経緯《いきさつ》はそれぞれにあれ負け残りたるが朗らかに杯《さかずき》交わす

何故などといまさら聞くな駆け出してしまった足は止めようがなく

ほどほどに力が抜けてと捨て歌を褒められており今日の歌会に

捨て歌も必要などと賢しらを言い読む会に連なりてきつ

コーヒーがブリューワーを滴れる間《あいだ》に屑歌ひとつメモせり

わたくしが五月の風であったとてだあれも来ない朝の食卓

傘まわし橋をしゃなしゃな来《きた》れるは佳奈にあらずや雨は止みしに

暇つぶしに毒にも薬にもならぬ短歌があっても悪くはないか

百年の後

新宿に「香蘭」なる結社ありにきと百年ののち誰か語らん

結社誌の受難の時代と嘆きたる先達の誰も生きてはおらず

二日酔い残る頭で書き継げるエッセイいくども行き戻りせり

近況の端《はし》ばしに顔の浮かびきてわが友はみなよき妻持てり

壮年期疾うに過ぎしよ今宵汲むいつもの酒が甘くなりきて

変わらざる夕焼けを見て一日が終らんとする嘆かうなかれ

考えに考え決断なしたるが結果は考える前と変わらず

七階のレストランよりたそがるる春ちかき森しばらく眺む

乗客はわれ一人なる深夜バス当然のごとき顔して座る

生きてはみたが

まだ生きていたのかなどと思わざる人にひょっこり言わるるも好《よ》き

死ぬほどの退屈というさりながらこの男今日まで死に後《おく》れきつ

祖父母が居て父母が叔父叔母が真ん中にわたくしがいたあの日の写真

冬ざれの野のひかり浴び健康な昔の妻が手を振っている

病院より妻の肌着を持ち帰る街空いつか春になりたる

マルクスよりエリオットよりハンフリー・ボガードより長くわが生きたるが

一人来て二人去りまた四人来て二人出でゆく続いて三人《みたり》

一人去り二人去りして気のつけばだーれも居ないそんな一世《ひとよ》か

晩酌より明日食うものをどうするか　ちゃらちゃら詩など書いてはおるが

十時からの蔵開きには顔を出せ　もそもそ選歌などしてる場合か

なにがなし生きてはみたがこの先に何か思案のある訳でなく

日曜歌人

どのように生きても一世《ひとよ》この朝を信号故障により出遅るる

何があってもおかしくはないという時の何かを今は聞かずにおかん

死も日常茶飯の一つ遠くより若くはあらぬ人を見送る

戦争のなき世界など夢の夢　戦争は夢の産物なれば

口惜しいことばかりが続く本当の口惜しさはこのあとに来《く》らんか

降るものが美しいとは限らない車内に振替用紙が舞って

応分の負担をなどと言いたるが銭は出さずに帰り行きたる

物忘れは物ぐさのつけかかる日は何を忘れておりしか忘る

日曜画家、日曜作家日曜歌人いな締切日歌人と呼び直すべし

夢のギザギザ

クレーンに吊り上げられている先の組立式の夢のギザギザ

ここぞとう出番なきまま壮年期疾く過ぎこよい冬銀河冴ゆ

スケジュール通りに日日の過ぎゆくは有り難けれど面白からず

コンビニで買ったおでんを手に提げて凡庸な月眺めて帰る

雑用は生きている者だけにある今日は理事会、明日偲ぶ会

けっきょくは押上駅で後続車待つことになる　そういうことか

生きてあらば一〇八歳か　飲兵衛のわが父いまだ行き方知れず

生きているうちが花だと言い聞かせ飲んでいるなり花散る窓に

明日の米磨ぎて再び飲み始む前後はあらず　ずうっと一人

散々な日だった朝よりゲップ出づ　つまらぬ酒を飲みたるものか

きみは風なり

「最後尾です」の看板掲げいる朝の若者に栄光あれよ

暖かいところでお待ちくださいとメールの来たりきみは風なり

そう急に言われましても　最初からこの人は断るつもりでおりつ

街路樹の枝払われて下通る人が常より簡素に歩く

外側から減りゆく靴は歩き方変うれどさらに外側に減る

病室のカレンダーどれも野の花の溢れ誰もが春を待ち侘ぶ

病棟の妻の日日にもいくばくか起伏のあらん日捲りを剝ぐ

短歌にて知る消息のいかほどかは加工されいんこの人の場合

朧気に浮く半月を酔漢がいいよいいよと宥めて帰る

茶　番

季節外れがあれば当て外れの政治家も居る日替りの天気予報図

安倍でさえなければ　屈強の男らが温泉卵選り分けながら

小賢しき党首が采配振りしゆえ一寸先でぐちゃぐちゃになる

人間の読めぬ奴だと散々に叩かれ小池百合子沈めり

役人が忖度をして阿呆なこと言うをテレビがながながが映す

忖度の指示や証拠を示せなど見当違いを言い居直れる

忖度はゼニと出世と家のため　フツーの人なら誰でも解る

ゼニの授受なきを潔白と言い募るこの人の二枚舌は生来のもの

マスコミは腰が引け野党に決め手なく一強ドラマは茶番で終る

片恋

輪郭の淡き夕べを籐椅子に転た寝をして昔を忘る

揺れやすき情もつわれが情強《こわ》ききみと並んで飲む林檎酒

朝日浴び芙蓉の花がほっかりと咲いていているなり酔いまだ醒めず

生きているものが優先　当然のこととし葬儀の日程決まる

正解もあるが誤解もあっていいわたし一人が世界ではなく

大通りの金曜の午後渋滞は片恋のせいとばかりは言えず

誕生日ことなく過ぎて開花より満開までのさくら遅々たり

ああやはりきみの答はNOだった　杏の花が咲いていたっけ

さしあたり元気でいます膨らまぬ風船なんぞ膨らませては

幻影

振り返り手をあげ雑踏に消えゆきし幻影をながく記憶に留む

さっぱりと別れ行きしを口惜しとも羨ましとも振り返り見つ

あの角を曲がれば何かありそうな気のして今日まで曲がらずに来つ

実らざる恋もあるべし信号を寡黙に人の群れて渡れる

信号があるから渡るというほかにさして意味なき顔して渡る

「平成の歌姫」か、ほう沖縄かい、安室奈美恵は知らずに生きて

輪郭の鮮明な夢見ていしが覚むれば淡きかなしみに似る

「獺祭」の磨き二割三分なる寒の冷酒ぞこころして飲む

まろやかに喉すべりゆく旨酒《うまざけ》に何か言わんと目を瞑りたる

劣化列島

人間が社会が劣化してゆくは政治家の嘘が引き寄せしもの

これほどに腐ってたかこの国の総理、役人、茄子の蔕まで

法律に触れねば何をやってもいい　政治家の品性はこの程度と知れ

問わるるは法律以前　人たるの品性にして滲み出づるもの

発言のたびに教養を疑わる麻生太郎のこの薄っぺら

安倍という存在じたいが忖度を生み役人を劣化させたり

マスコミと野党が窮すれば当てにする世論はさほどの力を持たず

関係者の証言などは路地裏の紙風船の記憶に如かず

蟻地獄に落ちたる蟻が踠《もが》きつつようよう己が蟻だと気づく

石山寺にて

気紛れな旅の暇《いとま》を風になり石山寺に吹き寄せられぬ

両岸にビル建ち並びうつつには変哲もなき瀬田の唐橋

もののふの矢橋《やばせ》の船の見えざれば瀬田の唐橋バスで渡るも
もののふの矢橋の船は速けれど急がば回れ瀬田の長橋　連歌師　宗長

山門を入ればたちまち紅葉《こうよう》に染みこれよりは戦わぬわれ

勝ち負けでなき人生もあるならん桔梗《きちこう》咲けば桔梗《きちこう》愛す

鐘撞けば即ち銭を取られたり濁世にこころ残りてあれば

遠からず滅びゆく身ぞ物語しつつ紅葉の谷降《くだ》りゆく

うわの空　いかなる空か旅を来てこころの外の空に目をやる

海べりの蝶

長い長い回送電車が一瞬に通り過ぎたり　青春潰ゆ

いつの日か鉄路の果つるところまで行かんと思いき少年の日に

草に寝て遠くの雲を見ておりつかかる日夢に見しことありき

薔薇一本机上に飾り冷えしるきわが誕生日ことなく過ぎぬ

待たされている間は安し待つことを保護色としてこの日暮れたる

またしても「ふるあめりかに袖ぬ」らすオスプレイこそ名護の華なれ
'16年12月13日、オスプレイ、名護市沿岸に墜落。

サムライにあらぬ石原慎太郎老いて女々しき弁明をせり
'17年3月20日、豊洲市場の移転問題について証人喚問。

奇蹟など起こるいわれのなきものを海べりの蝶がわれにまつわる

身の内の力衰えゆくときにセンチメンタリズムが近づく

ネット借り読まねばならぬ歌ばかり増え今月の選歌手間取る

頭上雲なし

’17年4月29日、衆院法務委員会における共謀罪（テロ準備罪）創設について金田勝年法務大臣の答弁。「花見であればビールや弁当を、（犯罪の）下見であれば地図や双眼鏡、メモ帳などを持っている」から。

弁当とビールがあれば共謀罪免れ得るや　頭上雲なし

双眼鏡、地図、メモ帳を携えて吟行会に行く一般人は

答弁はその後、二転三転した。

「一般の方々が適用対象と」ならないことになることはない

かくて5月23日、「共謀罪」衆院通過。「想像力の犯罪性」は菱川善夫の前衛論から。

「想像力の犯罪集団」になるほどの覚悟はありやサロン歌人に

またある日、プライバシーを問題にする歌人に。

「私」の暮らしの細部を歌にしてプライバシーを言い募るはや

5月23日、元文部科学事務次官前川喜平氏が「加計学園」疑惑で朝日新聞の取材に応ず。

「行政がゆがめられて」も知らんぷり　政治家、メディア、役人もまた

6月15日、参院本会議にて「共謀罪」法が自民、公明両党によって強行採決さる。

一強のもとに万骨枯れ果てて「共謀罪」法がやすやす通る

行政府の長が強行採決はしませんという　おかしくはないか

小判鮫政党なれば政権党にしがみつくことを党是としたり

わが町

南国を遠く旅する心地して梅雨の晴れ間のわが町歩く

梅雨入りの日より晴天　かかること後半生に多くありしよ

これの世を斜めに生きて後腐れ無し　ねえ蟻ん子よおまえもそうか

真っ直ぐに行けば海です　かまわずに行けと命じてタクシーを遣る

どこにでもある新町に今日は来て酒を飲みおりとりとめもなく

居眠りをしながら酒を飲むなどは上品《じょうぼん》の酒にあるまじきこと

換気扇が回り続けている部屋に戻りとりあえず水を飲みたり

埒もなき世界の天気予報など聞かされており深夜ラジオに

悲しみを笑える時に難病の妻の涙は見ぬことにする

論理矛盾

わずかなる黄葉残しビルの間の街路樹がまったく静止している

突然の訃報というも何がなし論理矛盾としてわれは聞く

当然に死ぬべき人が死にたるをしごく当然のごとく伝え来

当然に来るべき人の来ぬことも世の常にしてあやしむとせず

死んだふりあるなら生きたふりもまたあって不思議はないと思うに

あっさりと言えばオトコの美学など男の料理教室に如かず

夜の会は義理と割り切り愍ろに猫の頭を撫で出で来たり

待つ者のなき身の軽さ夜の階を帰らんとして不意に躓く

宙に浮き階踏みはずす瞬間を静止画像のごとく記憶す

入院中の妻帰りきていくばくかこの日リビングに温もり戻る

先生である

信号より二つ目の角くじら屋の二階でとぐろ巻いております

レギュラーは全滅　補欠のおれだけが生きて会えたる今年のさくら

東日本大震災の記事ばかり読まされ三月の連休過ぎぬ

被災地の人間だけが生きているそんな感じの国にまた春

福島がいつかフクシマになった日よ首振り誰も口を開かず

「先生って案外ご存じない」　さようだからわたしは先生である

聞くふりをして本当は先生が喋りたいのだ　いつだってそう

人麻呂も佐美雄も知らずに教室に歌講じおり罪浅からず

難しいことは解らぬという人がもっとも難しき質問をせり

母の日のついでに父の日　父たちはついでに生きて世を拗ねるなし

佐田啓二が柱時計のネジを巻く新婚家庭ありき映画に

小津安二郎「秋刀魚の味」

題詠「新宿」十首

角筈に村野次郎を訪いしより茫茫たりわが六十年は

新宿は青春の街うたの街学生にして酒学びし街

コンパとは酒飲むことと知りしより新宿西口に飽かず通いき

西口の縄のれんにて泡盛を一週間飲み吐き続けたる

「香蘭」も寄席も本屋も居酒屋もまた遊郭もありき新宿

上京し真っ先に行きしは新宿の三越　何を買いしか忘る

親しみし風月堂はその後に表記も雰囲気も変わり果てたる

紀伊國屋に売れ残りいしわが詩集時折覗き確かめゆけり

新宿を遠望しては書き継げる「わが青春の村野次郎」を

「わが青春の村野次郎」は「香蘭」'10（平22）年10月〜'19（平31）年2月号まで連載

懸案の仕事を抱え平塚よりわが乗る湘南新宿ライン

ことごとく赤

信号はことごとく赤かかる日の片恋もまた苦しからんに

風に舞うビニール袋が同じ箇所行き来しわれの周り離れず

戦力外通告に似る辞令持ち精算のため経理部に行く

不条理と言えば小腹のおさまるか薔薇も駝鳥の喉も不条理

代わり映えせぬ日の背後を不規則な音爆ぜ冬の花火のあがる

暗い顔したる男が蹲る鏡の向こうはしずかなる森

酒飲みは路地裏が好き懐かしき人の匂いを嗅がんとは来て

寄る辺なくとりとめもなくそこはかとなくわが生きて恙なきなり

折り返し地点は疾うに過ぎたれどゴール見ゆれば足の縺るる

相撃ち

〈人間の真実〉どれも嘘臭きなかんずく赤裸な告白などは

人間の死もつづまりは餓死にして人間動物説を首肯す

土曜日の予定三つを相撃ちにさせざまぁみろ　何処へも行かず

継《つ》ぎ接《は》ぎのようなひと日を繕うと湯船に沈む寒の夜更けて

風荒《すさ》ぶ箱根駅伝の十区間鉢巻したるランナーのなし

五十年経て飲むトリスウイスキー昔のことはみな忘れたり

苦しみし二月の逝けばこと多き三月の来る励まざらめや

日本橋三丁目はな街道にＮＰＯのパンジーの咲く

「カミさんが壊れかかって」　別れぎわ言わでものこと口にしたりき

ぎんなん可愛や

切り離し作業すむまで待たされて列車は冬の原野を発てり

一両のディーゼルカーが夜を灯し吹雪く原野に紛れ行きたり

銀杏を炙りて酔いを深めいつ「ぎんなん可愛や」などと歌いて

飲める量ほどには酔いて出でこしが路上いつしか雪となりたる

とりとめもなき一日の断片が劇中劇のごとく巡れる

どこで履き違えられしか靴底の減りたりしを酔いて履けばよろめく

二十五分遅れの列車は霧のため　咎めようなきアナウンスくる

それだけのことだと言えば浮かぬ顔されたりそれだけでは足らざるか

ティーショット

車窓より見て行くゴルフ練習場今日はわが来てボールを打てり

左肘が胸ポケットと乳首に触るるを確かめティーショット打つ

月を見てボールを打てとう　ゴルフ場のネットの上は淡き三日月

ドライバーの飛距離落ちしを人生の大事のごとく言う　また一人

スライスをしたるボールが溜息吐《つ》き薄《すすき》の奥へ吸い込まれたり

山茶花の花を散らして打ち込めるボールはOBラインを越えつ

痛恨の一球、痛恨のダブルボギー、うふふ痛恨もまた楽しけれ

先逝きし友のいくたりか思い出づゴルフコースに竜胆咲けば

長くやるほど下手になるゴルフなれ　短歌も同じコースを辿る

完敗

伝統のフォワードが押され屈辱の認定トライ奪われたりき

ペナルティキック三本外したる冬空カーンと蒼く澄むゆえ

風下より蹴りしキックが数センチライン割れるをレフリーは見ず

敵陣に攻め込めばトライ奪《と》ってこい　後ろより今も肩どやされて

ゴールポストの上にカメラを向けている男も負け癖のつきし一人か

完敗をわが自覚せしかの日より靴の外側ばかりが減って

いいようにバックス陣に走られて　後半生はかかる始末か

インジャリー・タイムのごとき残生をなすすべもなく攻め込まれいる

人生に飽き

人生に飽き飽きしたと師の詠めりこころ淋しきとき思い出づ

酔ったふりして聞きおれば聞き捨てのならぬこと言う醒めてはならず

おまえらと飲むのは消耗するだけだ　酔っても醒めても言ってはならず

リビングと書斎の時計いつよりか時刻ずれつつこの冬を越す

言い訳のための夕焼け見て帰る金輪際もう逢わぬと決めて

勝手ながら本日をもち閉店とはいかざるものかチヂワ商店

難病の妻を支えて抱き起こす死にたくはなし妻もわたしも

明日待つ卵

薄曇る下町の空用ありて天皇誕生日のバスに乗る

年の瀬のメールに残る「わたくしの苦悩は知らず」は消さずにおかん

電線に絡まる凧を見ることもなし古里の正月晴れて

正月の間《ま》に伸びきたる髭づらを鏡に映す小寒過ぎて

出しそびれし賀状数枚が埃浴ぶ正月はやも十日を過ぎぬ

葛根湯を飲み午後よりは図書館に行く街上の風すでに春

雪の底に息を潜めて明日を待つ卵もあらん苦しむなかれ

工場のビルが解体されてより電車の行き来が素通しに見ゆ

春一番吹きたるニュース聞きしのち用はあらねど街に出できつ

妻の無念はわが無念にて病床に言葉にならぬ声聞かんとす

昭和、平成の雲

何もせずただ雲を見てありし日を珠玉のごとく振り返りみつ

ひと区切りつきしところでシェリー酒を飲まんと風の街に出できつ

思い通り咲けぬさくらも混じれるか雨に散りたるあとを踏まれて

わっと咲きわっと散りたる心地してわれの昭和、平成果てぬ

一杯のミルクが冷めてゆくまでをとりとめもなくもの思いいつ

超高層ビルの谷間に小さき森ありて時折人の出入りす

歌の来る気配尽きしを潮時に喫茶店出づたそがれ近き

日本橋さくら通りに咲くさくら勤め帰りに見て帰りたり

楽しみより苦しみ多き半生を幻となし見ているさくら

車椅子押すには風の冷たくて今年のさくら妻は未だ見ず

同期会

乾杯の音頭を取ると立ち上がる瞬時を空《うつ》ろとなりたるわれは

スピーチの中に名を挙げ語り継ぐ友のおおかたはこの世にあらず

マドンナが杖突きこちらに来るシーン現実として思い浮かばず

カシミアのセーターなどは着なかった　かの日のマドンナかく宣いき

なあおまえ歳を取ったなテーブルのこおろぎが顔を上げて囁く

「山小舎《やまごや》の灯《ともしび》」ラジオにて聞きたるは少年野球に明け暮れし頃

東京を目指し陸橋くぐりゆく夜行列車が火の粉を噴けり

魂きはる命を賭けて飲むほどの酒にはあらずこは同期会

海紅豆の花

行く先も時刻も決めずバス停にわれを攫いにくるバスを待つ

百日紅がうなだれている炎天下バスは永遠に来ない気のして

花終るまでは褪せたる朱を留む百日紅にこころ寄りゆく

せいせいと熊蟬鳴くを耳底に留めしままに壮年期過ぐ

螢《ほうたる》も蟬もわたしの分身にしてさびしき季節を分かつ

まあいいさ　蟬もわたしもいずれ死ぬ海鳴り遠く聞くばかりにて

海紅豆の花サンダルに踏みて行くわが町なれば少し肩張り

ベランダの落葉に紛れ熊蟬が「死んでいます」と声ひそめ言う

かっちゃんと呼ばれ克ちゃんが振り返る止まり木よりひょいと腰を浮かせて

シャツの袖たくし上げしがさしあたりワインとチーズがあれば済むこと

賞味期限

朝の海見ながら両手に光浴び卵の殻を剝《は》いでおります

外出のたび髭剃るはなにがなし無駄な労苦と思うことあり

何事も起こる予感のなき日なり空に雲などどこにもなくて

身の上は知らずともよし悲しみの深ければなお朗らに笑う

賞味期限切れし男が期限切れの缶詰開けんと格闘しおり

「浦霞」おまえも被災者のひとりなる心許して杯《さかずき》回す

聞かさるる範囲の暮らし向きも知り酔わぬ程度に飲みて別れき

泥酔の底にてかすかにわが聞けり「オーサキ、オーサキ」おお先はなし

転居前後

古里の駅弁を買いほろほろとデパートの階降《くだ》りきたれる

ワイン一本空けたるほかに思い出のなく風寒き誕生日過ぐ

晩節を汚せるほどのこともなくにごり原酒にたちまちに酔う

二転また三転をして終の住処決めんとしおり病む妻のため

「お近くにお越しの節は」は削除して転居通知の発送終えつ

終の住処なるかは知らね促され指定書類に捺印をせり

人生にいささか遠き歌を詠みこころ晴るるというにもあらず

われよりもあとから雲になるというきみを残して身は旅にあり

看護師の鹿毛さんのボールペンを借り鼻先に来し歌をメモせり

ベッドより車椅子に移されて妻がぽつねんと空を見ていた

春の帽子

詩一編書き上げ街に出で来たり今日より春の帽子に替えて

電線におやもうつばめ　誰も誰も何か忘れてきたような朝

「燃えるゴミ」「燃せるゴミ」また「燃へるゴミ」集積場の表示いろいろ

いくばくか潤みきたれる三月の空と思えりビルを出できて

こころなし軽き足取りと見ておりつ歩道橋の上にも春が

風の間に生き風の間にいつか死ぬ風を畢生のわが友として

わが知らぬ駅名を告げきみの待つ上越線の切符を買えり

転んだらタダでも起きよかく老いて贅肉つきしからだを叱る

団十郎亡き東京に春の雪遠見《とおみ》のごとく降り出しにけり

2013年2月3日　第十一代市川團十郎死去

古里

かがやかな緑の谷に古里は昔語りのごとく沈める

母恋しつくし恋しと鳴く蟬を母あらぬ古里で今日われが聞く

父と母が古きアルバムの中にいるわたしがわたしになる以前から

古里の母のかたえに亡弟もこよいの月を見に来ていんか

ぼろぼろのフィルムが川を流れ行く夏草を縫い声を立てずに

今宵わが見る満月はその昔学芸会に現れし月

畑中にたった一本燃えて立つ夾竹桃を父と思いき

回想の海を漂い夢噛みし青春の町をあとにしたりき

向日葵

いつの日か一人に還る　向日葵にわずかな風の来ており今朝は

しんしんと死に向き合える友見舞い駅舎にバナナを食いおりわれは

海紅豆、ガーベラ燃えている真昼まだ来ぬ別れは知るべくもなし

出会いより別れの多き日の上に沙羅の花咲く　ついに独りぞ

何ごとも起こらぬ夕べ鍋に塩振って浅蜊に泥を吐かする

スカイツリー歩かせてよときみは言う締切りまでにまだ二日ある

曼珠沙華咲けるは去年と同じ土手　友よ恙なく暮らしておるか

バイオリンの練習をして帰ります　ごきげんよろしゅうわたしの銀河

安眠

ああそうかあいつも死んだか忙《せわ》しない男だったがなどと言われて

「安らかにお休みください」と仰がるるまでは安からぬ日日と知るべし

当然に居るべき人が居なくなるこれまでもそしてこれからもまた

死ぬならば癌がベストと言いたるがベストを望むというにもあらず

「生活の匂いがしない」ドアを開けテレビの刑事が振り向きて言う

本人であることこの世の誰か知るわたしが私を証明出来ず

誰ひとり訪ぬる気配なき庭に立葵しんと燃えて咲き継ぐ

旅の日に

こよい汲む地酒は噂の「喜平」にて喜びをみな隠しきれずに

下津井の廻船問屋の裏庭に干されて蛸も手持無沙汰なり

蛸めしは皆で食いしがわれのみが蛸に抱かるる夢を見たりき

配達日指定の手紙携えて夢の中なるポストを探す

通り雨に濡れ行く人を見るとなく見ておりき遠く旅をきたる日

因島の宿より狭き海隔て月は愛媛の方より出でつ

駅裏の狗尾草が冬の日を浴びておりたり旅終えくれば

何もせぬうちにひと日が終りたる何もせざるは喜びに似る

投函を忘れし封書旅終えて戻りし駅のポストに落とす

別件逮捕

マンションに車を洗う男らの数人はいて連休終る

胃薬を渡され飲みに誘わるる　これって別件逮捕ならずや

霧笛など聞きしことなし宵の口「霧笛屋」はまだ人疎らにて

痩せましたねと囁かれおり去年より衰えたるというにあらずや

常よりも無頼の風を恋うる夜は抽象の森にこころ遊ばす

日に三度ただ義務的にメシを食いつまらぬ義理のため人に会う

綻びてゆく感情を支えよと酒に言わせて埒もなかりき

合鍵を渡して来しがその訳が解らぬほどに酔いたるらしき

酔うために飲む酒なればしばしばも破れかぶれとなり沈没す

雨の降る護国寺駅に降りしとき平木敬子を思い出でつも

小火

神のほか予知し得ざりし小火《ぼや》としてわが生はあれ今しばらくを

歳月が腋をくすぐり過ぎて行く思い出なんかになるな枯れ葉よ

夕光に泡立草が揺れている煩うなかれこの世のことは

花言葉「あなたに夢中」は桃にしてわが知りたるは古稀過ぎてのち

石垣に夏の日は射しいつか見た蜥蜴と今日は会える気のする

わがうちに溶けてしまった時間なれ昨日が昔のことに思えて

ただ一基横浜港に建つ風車クルージングの間を動くことなし

手折り来し芙蓉の花は晩酌の終る頃には萎み始めつ

何となく鞍馬天狗に会えそうな暗闇坂を夜更けてくだる

銀鼠の馬車

September　口に出《いだ》せば遠くより銀鼠の馬車駆け来るごとし

衰えを見せず残暑を咲き継げる百日紅にある日疲るる

愛用のストローハットひと夏の汗に汚れて変形したり

午後四時にひとりワインの栓を抜き飲み終る頃妻の帰り来

難病を仮病のごとく振る舞える妻の苦悩は知らで過ぎ来ぬ

こおろぎの声が芒《すすき》をそよがせて陽は賑やかに沈みゆくなり

さようならは言いそびれたりビルの上　月も今宵は酩酊をして

民衆が戦《いくさ》に狩られゆくさまを古きフィルムに懐かしみ見つ

月の夜の沙漠の死者が起ち上がる人肌恋し戦《いくさ》恋しと

村野次郎三十三回忌　'11（平成23）年7月7日

村野次郎三十三回忌に連なると宝仙寺に来つ文月七日

先生を送りてし日と様変わりせる町を汗拭いつつ行く

葬儀の日はげしく鳴きいし蟬の声　今日森閑としたる境内

蓮の花一輪咲くに声をかけ控の部屋に案内《あない》されゆく

七代目儀右衛門さんと紹介をされて「社長」の名刺いただく

村野次郎いま世にあらば東日本大震災をいかに詠めるや

酒飲まぬ村野一族徳利はいつしかわが座する卓に集まる

「香蘭」を通り過ぎたる幾人かを思い遺影に手を合わせおり

先生を送りし中野宝仙寺以後ひとたびも行きしことなし

夏の光

コーヒーの冷めないうちに言わんとし海を見ていつ海の向こうを

肩幅より広きガラスを抱えたるガラス屋が光の中を移動す

神谷さぁーん頑張りまぁーすと手摺より黄色い声すご機嫌なるべし

会葬者名簿にきみの名のありき嫌われ疾うに会を退きしが

藤の花褪せて汚れて醜態を二度演じたる六月の逝く

十日間放置し様子を見ましょうと放置をされて病院を出づ

病む妻がベッドの上に眉かくを見ぬ振りをして部屋を出できつ

肉を焼き酒を冷やして誰も来ぬ逢魔が時をしんじつ独り

立て続けに欠伸のいでて人生のおおかた終えし気分にいたり

睡眠不足

酒を買い海鼠腸《このわた》を買い出でくれば日射しは春の街となりおり

どのように生きても一世《ひとよ》さりながら後半生は睡眠不足

今はもう遠くになれる人の死を身に近き人が伝えてきたり

懇ろな手紙呉れしが会いたればおよそ無愛想な物言いをせり

街灯に照らし出さるる水溜まりいずこにか終の住処はあらん

手を挙げて人混みの中に消えたるがドラマのように行かず別れは

遠近の「遠」が無用になりたると今日メガネ屋に　喜ぶべきか

読書用メガネを首に吊りしまま乗換駅に電車を待てり

飛び乗れる電車は逆走　と思いしがややありて方向感覚戻る

初冬の光

茅花さく村を見下ろし山峡の駅に折り返し電車を待てり

忘れ物この世になきか風寒きホームに遅れて来る電車待つ

恐らくは来ない電車を待っている　口笛はもう吹くことのなし

駆け込める乗客を待ち山峡の列車が光のなかを発車す

山の雨檜を濡らし楢の木に杉に白樺に落葉松に降る

ただ雪を見ているだけでひと時が楽しかりしよ若きこころは

病室の妻の枕辺に鏡餅飾りこの年を越えゆかんとす

あとがき

本集は『水の駅』に続くわたしの六冊目の歌集である。収録した作品は平成23年（2011）年より令和元年（2019）までに制作した四百五十七首を、ほぼ逆編年体に収めたが、構成の都合上、位置を変えたものも含まれている。そのため一連が連続性を欠く結果になったのは心残りだが、今は後ろを振り返らないことにした。

タイトルの『生きてはみたが』は身も蓋もなく、あまりにも芸が無さ過ぎる気もしないではないが、八十歳を越えてしまうと洒落っ気などはどうでもよくなる。なぜってそれまでの人生は己の視野に捉えることは出来たが、八十歳を越えた辺りから、その先の節目や目標がはっきりしなくなった。

残り時間がさほどあるわけではないが、さればとて早々に店仕舞いというのも愛想がなさ過ぎよう。人生にはこんなエアポケットもあったのだ、と思うしかない。ひょいと生まれてひょいと消えていく、そんな風まかせの一生も悪くはないか、と思い始めるようになった。

作者の弁は言わずもがなだが、やはり身辺の記録を脱し得ぬ俗臭が気になる。俗の世界を詩の高みに反転させる志も薄ければ、叡智もない。わたしの詩的技巧の及ばざるところと、今は諦めるしかない。

かくて折々の思いを臆面も無く一冊にしてしまうと、気になるのは自己模倣だ。詠い口や気息はたちまちパターン化する。歌を詠み続ける限り、これは終りなき戦いである。とは言えこれ以上の戦いは御免蒙りたい、というのが現在の心境である。

本集は砂子屋書房の社主であるより、詩人としてかねてから尊敬する田村雅之兄に刊行のすべてを委ねた。また装本をお願いした倉本修様には、素人の我儘をお許し頂いた。併せて心より御礼申し上げる。

2019年（令和元年）12月

千々和久幸

歌集　生きてはみたが　香蘭叢書257番

二〇二〇年三月一四日初版発行

著　者　千々和久幸
神奈川県平塚市黒部丘六―四八―三〇八（〒二五四―〇八二一）

発行者　田村雅之

発行所　砂子屋書房
東京都千代田区内神田三―四―七（〒一〇一―〇〇四七）
電話　〇三―三二五六―四七〇八　振替　〇〇一三〇―二―九七六三一
URL http://www.sunagoya.com

組　版　はあどわあく

印　刷　長野印刷商工株式会社

製　本　渋谷文泉閣